인생, 눈물을 벗 삼아서

이창연 시집

인생, 눈물을 벗 삼아서

초판 1쇄 인쇄일	2020년 5월 8일
초판 1쇄 발행일	2020년 5월 15일
지은이	이창연
펴낸이	최길주
펴낸곳	도서출판 BG북갤러리
등록일자	2003년 11월 5일(제318-2003-000130호)
주소	서울시 영등포구 국회대로72길 6, 405호(여의도동, 아크로폴리스)
전화	02)761-7005(代)
팩스	02)761-7995
홈페이지	http://www.bookgallery.co.kr
E-mail	cgjpower@hanmail.net

ⓒ 이창연, 2020

ISBN 978-89-6495-166-8 03810

이 도서의 국립중앙도서관 출판시도서목록(CIP)은 e-CIP홈페이지(http://www.nl.go.kr/ecip)
와 국가자료공동목록시스템(http://www.nl.go.kr/kolisnet)에서 이용하실 수 있습니다.
(CIP제어번호 : CIP2020017502)

이창연 시집

인생, 눈물을 벗 삼아서

BIG 북갤러리

독자 분들의 마음과
소통하는 장(場)이 된다면……

　강원도 산골 소년으로 태어나서 부끄럽게 살아온 인생, 도
시인으로 살아오기까지 수많은 우여곡절을 겪었던 희로애락
(喜怒哀樂)의 삶 그리고 시를 쓰면서 그동안 잃어버렸던 길을
다시 찾고자 마음의 문을 조금 열게 되었습니다.

　사색으로 끄집어내어 짧게나마 언급해 본다는 것이 그리 쉽
지는 않았지만 조금씩 모아두었던 시상(詩想)의 애틋한 글을
내보이는 것도 삶의 소중한 한 페이지가 되지 않겠나 싶어서
시집을 내어놓습니다.
　부족하나마 살펴보아 주시고, 독자 분들의 마음과 소통하는
장(場)이 된다면 고마울 따름입니다.

시를 선호하고 애호하는 독자 분들께서도 함께하는 매개체로써 시를 쓰는 '인생열차'에 도전해 보시기를 간절히 기도합니다.

하고 싶은 말과 사연이 많습니다만, 작은 정성으로 준비하여 찾아뵈었으니 부디 단 한 편의 시에서라도 '인생의 길'을 함께 공유하였으면 합니다.
앞으로도 더 나은 시상을 전개해 가는 사람이 되도록 노력하겠습니다.

그리고 바쁜 세상, 건강들 하셨으면 합니다.
사랑합니다.

2020년 4월
이창연

차례

2부 햇볕이 비추다

3부 그리운 어머니

5부 인생, 눈물을 벗 삼아서

6부 항진의 노래

1부

능수야 버들아

봄을 기다리며 1

세월아 울지를 마라
떠나지도 말고
내 고향집 추녀 끝에는
고드름 눈물이 나를 젖게 하는구나

질 때도
안 질 때도
그 마음을 잘 살피니
운다고 다할쏘냐

내년에 다시 너를 반기려니
오늘처럼 가벼워 눈물이지 말게
난 그때를 기다리며
따뜻함을 한 아름 안고서
널 기다리겠어

따뜻한
봄 맞을 준비로

영점에서

맑은 아침 하늘에선
아침 일찍 비둘기 날고
점심 한때는 따뜻함을 주고
저녁 한때는 서녘의 태양을 보게 해 주며
모양새와 그 의미는
참으로 장엄한 광경이다

저~ 기
서천으로 내리 섰다가 아침을 피우며
다시 또 내일을 약속한다
아침녘으로 가까이 다가섰지만
나 홀로가 아니라고
동녘으로 찾아와 줄 것이란다

인간은 시간의 분별 속에서
그 마음의 성격을 바꾸어 제공하여 주지만
우리들은 누가 뭐라 하여도
바꾸어지려 하지 않는다

고집도 세고 성품도 영악스러우며
아주 잔악하다

하늘이 우는 날에 천지가 개벽한다고 하네.

집비둘기

이른 아침이 되면
꾸구르 하면서 곤한 잠을 깨운다
먹이를 준비하여 그들에게 나누어 주면
잘들 먹는다

인천에 있는 한 공원에 올라가 보면
갖은 모양새로 사람을 따른다
먹이를 달라는 시위인 것이다
언제 어느 곳에 있어도 한 해를 채워도
그들은 변하질 않는다

그러나 우리 인간들은 그렇질 않다
살피고 보살펴 주어도
좋은 줄을 모르는 짐승 같다
아무리 배우지 못했어도
사람됨을 가져야 할 것이다

군 생활을 해 보지는 않았다 해도 짐승과

같은 짓을 해서 되겠는가
이미 늦은, 우리들의 이런 현상이
지금부터라도 사람됨이 변치 않고
새사람이 되었으면 한다.

효자꽃

깊은 산
초막 칸에 들어앉으니

나
몇 년을 해를 삼아 일어났던고

산새가
물어온 씨앗 하나

벌써
나보다 키가 더 커 있구나

꽃 피는 봄이 오면
네 또한
따라서 필 테지.

외로움

독수리 한 마리
거대한 날개를 활짝 펴
활강을 하고 있다
팔자가 사나워 혼자가 되었지만
늘 보면
언제나 혼자인 고(孤)

고독한 자는 항상 외로운 것
그 곁에는
항상 외로움을 달래는 고(孤)
마약과도 같은
진통제의 고가 있으니
가볍게 내려앉는다

더
좋은 곳으로의 향진(向進)
그 꿈을 꾸고 있는 외로운 고

가을

논둑길을 따라서 가다 보면
하늘 꽃인 코스모스가
나란히 꽃길로 만들어져 있다
사진 몇 장 찍고 풍년이 된 벼가
누렇게 황금색으로 더한 것 같다
이슥한 가을, 가을걷이가 한창 시작되었다

경운기소리, 탈곡기소리가
온종일 바쁘게 돌아간다
씨앗들은 햇볕에 잘 여물었고
맛도 달콤하게 맛을 내고 있으며
과일들이 풍년의 맛을 더하누나
강냉이, 감자, 고구마, 호박, 고추에다
막걸리를 한 잔씩 따라서 드리니
술술 잘 넘어 가는 것 같다
감나무의 감도 익어가고
가을 녘은 언제나 풍년

삽당령

동령의 재
눈보라가 몰아치는 한 겨울
오다가다 한 번씩 오가는 자동차
동령의 휘파람소리가
귀를 에워싸게 한다

눈은 쌓였다 녹고 하며
배고픈 동령의 재 삽당령은
언제나 배고픈 길이다

이 다음에 한 번 들러서
다녀오고 싶은 곳
정선군 임계면에서 숙박을 하고
내 하는 일이 잘 되면
반드시 다녀오고 싶다
구슬픈 동령의 재는 서글피 운다.

가을열차

엊그저께 꽃을 피우드니
벌써 여러 개의 감이 열려있다
그 옆에는 갖은 화초들이 널려있고
넝쿨장미도 아직은 꽃을 피운다
능소화도 함께
지는 때가 아쉬워서인지
적당히 늦여름을 지나 이른 가을을 맞는다

화분들은 모두 다
사람들이 다니는 길에 놓여져
우리들의 마음을 다스리게 하고
조금만 있으면 해바라기도 고개 숙이고
국화꽃도 피어날 테지
재미있지요

시라는 것이 별 것도 아니다
한두 자씩 쓰다 보면 생각하는 사고방식도
바꾸어질 수 있진 않을까

우리들은 조금 조금씩
가을열차에 올라타고 있다.

봄

꽃은 피고지고 어느덧 늦봄이다
그리고 차곡차곡 나열하며
온갖 꽃들이 피었다 지곤 한다
아기자기하듯 하얀색을 더한 꽃동네
얼음장이 다 녹고 나니
잔치를 벌이고 있나보다
물고기들도 몸이 풀리는지
많이들 노닌다

어머니는 솥단지를 올려놓고
어죽을 쑤려나 보다
봄이 돋아나는 기운처럼
우리네 몸들도 녹아들었으면 한다
어죽탕은 맛있게 끓여져
우리를 부르고 있다

아주 따뜻한 봄이다.

코스모스 길

길게 뻗은 철길가로
코스모스가 따라서 피어있다
줄지어 선 네 모습은 하늘거리듯 하고
그 향기가 하늘을 우러러
감사함이 솟구치곤 한다

동심의 추억 때도 피었던 꽃
심장의 길을 청소해 주듯
향기 짙은 나의 마음은
지금 와서도 아려오는 눈물을
자아내게 한다.

능수야 버들아

살랑살랑 부는 바람에
능수야 버들아
봄꽃들은 시각적 상투를 틀고 있다
나들이가세
온 들판으로 인사치레 하는지
갖은 꽃과 녹은 새 생명을 움트게 하고
길옆으로 흐르는 시냇물은 졸졸졸
구절양장의 아픔을
깨끗케 씻어주는 것 같구나

어린 새싹들은 살짝 미소를 띠고
찔레꽃 희게 하여
손과 팔을 내민 것 같이
조심성을 기억시키고 있다

봄 나비 여럿이 나풀나풀
우리와 함께 꽃구경을 하고 있는 즈음에
봄 딸기가 손짓을 한다

조명은 우리를 달리 세우고
내 마음 약하여 그대에게 안기고 말았네

능수야 버들아
시라도 한 소절 읊어보게나
얼씨구 지화자 절씨구 지화자

꽃길

코스모스가 핀 꽃길
행길을 따라 아쉬운 추억을 나누고
한 잎 두 잎
창공을 향해 피었다

하늘은 파랗고
대지는 온통 향기롭다
코스모스 꽃을
머리에다 꽂고
배움의 전당으로 걸으면
향기 짙은 꽃길이 한없이 늘어서 있다

하루를 같이 시작하고
마무리도 널 그리며 진다.

겨울안개

자욱한 안개
온 사위를 에워싸고
언제나 헤어질지 자욱하기만 하다
지금의 시각은 아직도 낮인 것을
찬비가 한참 내리더니
지금은 애꿎은 안개다

앞을 보아도
잘 보이질 않는다
옆을 보아도
뒤를 돌아보아도
그러나 습도를 얼게 하여
눈이라도 내려 주었으면 한다.

기다림 1

먼 산에 핀 흰 목련
한가로이 외로움에 떨고
한 잎 아까워 기다리다
그만 지치게 하네

밤나무가 꽃을 피어오고
싸리나무도 멍울을 맺으며
기다리고 있다

부처님 오신 날을 기다리는
표징으로 가득한 산사에다
연등을 메어달고
한가롭게 철지난 늦봄
솥단지 하나 메고
개울가로 천렵을 간다.

눈꽃

태백산 준령에 피어난 눈꽃
소도골 입구 얼음집을 지나서
고요하게 반기는 산사의 품
춥지만 아늑함으로
따뜻하게 우리를 반긴다

잠시
정상으로 가는 경험의 힌트를 얻어서
내일은 정상에 도전하고자 한다
우리는 산 정상에 자리한 천단으로
마음과 몸을 정결하게 하여
길을 내면서 오른다

드디어
천단에 두 무릎을 꿇고 배상을 하니
마음이 겸허해 진다.

산촌의 오후

동지섣달 긴긴 밤
먼 산에 해는 기울어
저 산을 넘어가고
이 산은 해가 지니
마음이 많이도 춥다

통나무 귀틀집에 저녁이 이슥하니
굴뚝엔 흰 연기가 오른다
가족들 오순도순 서로를 위하고
추워지는 것만큼
사랑으로 따뜻하게 추위를 쫓는구나
따끈한 소죽으로 소를 먹이고
주인장이 소의 목덜미를 쓰다듬는다

산촌의 저녁도
이렇게 저물었네.

소리 없이 피는 꽃

아니 벌써!
계근대에 올라섰구나

몸과 온 정신을 차리려 해도
뒤돌아 갈 수 없는 비둘기호의 추억 열차여
구색을 갖춘 만물의 꽃과 열매

오늘 또다시
시간을 되돌려 보려 해도
아~ 그만
철쭉이 빨갛게 봄을 피운다
지난번엔 가랑비가 살포시 소리 없이 내렸지

언젠가 소리 없이 피는 꽃은
시들거나 지질 않았으면 하고
나는, 바란다.

달님이 잠들기 전에

해님은
희망찬 아침의 축배를 거두어들이고
해는 기울어 저녁을 향하고 있다

저기, 하늘 높은 곳에서는
미리 보는 달님이 벌써 자리를 잡고
파란하늘을 저 멀리로 하고 있으며
검디검은 친구에게 몸을 내맡기었는지
달님은 더더욱 밝기만 하다

소리 없는 밤하늘에
하나둘씩 새싹을 돋우듯
별들이 서로 앞 다투어 싹을 돋고
달님의 환한 모습을 평화롭게
받쳐주고 있는 것 같다

지구 저 반대편 은하계에도
활기차고 조용한 나라가 있다면

혹시 나의 진정한 팬이라도
되어 주었으면 한다

그리고
달님이 잠들기 전에
나는 잠을 청한다.

무엇을 보려하는가

바람
바람은 왜 자꾸
나를 미워해 보려 하는가

아픔에 시달려
모가 진 나의 몰골을
기어코 보려하는지

또한
아니면
무엇을 보려하는가.

산새

동 트는 아침
뒷모습 뒤 감춘 나의 초막 칸
그 언제 쌓여진 겹겹의 백설인가
가위에 눌려 풍경소리에 놀라
쫓겨난 외로운 산새

여기에 여명의 찬란한 서광이
동트는 아침
삐거덕 삐거덕
너만이 날 달래는구나

그토록도 하얘진 사위여
이 산새를 기억하겠소
고요하게 잠이 든 산새를 말일세.

향연

앞산 진달래 붉게
뒷산 산수유 노랗게
향기는 그만
온 천지엔 갖은 꽃들이 우릴 부르고
먼 산 높은 곳엔 산 까치 지저귄다

묏등에 길게 기대어 드러눕고서
흰 구름 떠 있는 하늘을 본다
멀리선 차들이 지나가고
행인들은 모두들
제 갈 길로 가고 있다

할미꽃은 나를 보고
민들레 노란 꽃도 나를 보고
봄의 향연은 사랑의 향기다.

2부

햇볕이
비추다

봄을 기다리며 2

오늘은 날씨가 영상으로 오르고
구름 한 점 없이 하늘은 맑다
하늘 위로 날아서 지나가는 항공기들
흰 연기를 내어 뿜으며
행선지로 가고 있다

어디선가 모를 전투기 두 대가
굉음을 내면서 지나가고 있다
아무리 겨울이라 하여도
날씨는 따뜻한 것이 좋다
추우면 그냥 울고 싶은 마음뿐

어서어서 겨울이 지나가고
따뜻한 봄이 왔으면 좋겠다
겨울을 지워버리진 말고

무궁화 꽃

당신의 꽃은 마음이고
마음의 꽃은 영점이며
무궁한 꽃은 대한민국이다

거룩하고도 화려한 강산을
지키고 있는 우리들
놀랍도록 존경스럽다
우리가 아름답고 진실한 사랑이지만
당신의 꽃보다 더 빛날 꽃은
우리의 꽃인 무궁화가 아닐는지

우리들은 잘났든 못났든 간에
모두가 길을 잘못 들어섰다가도
그만, 엉뚱한 길을 가고 있더라도
절대로 무궁한 역사를 오도하지 않기를 바란다

얼마나 자랑스럽고 아름다운가
그리고 우리의 강산과 터전이지 않은가

사랑스런 무궁화 꽃이여!
오늘도 영원하여라.

단풍 편지

붉게 물든 단풍잎
날로 날로 더하여 많이 아픈가 보다
그러다가 시름시름 퇴색되어 자신을 지운다
산골짜기를 따라서 쭈욱 거닐다 보면
유난히도 단풍나무가 독보적으로 그 색을 더한다
언제였는지 피고 지는 시간도 없이
우리의 마음을 알고 있는 것 같다

나는 유독 가을을 좋아한다
어디를 가 보아도 그 열매의 결실들이
갖은 모양새로 우리에게 선물을 한다
친구에게 편지를 한 통 써보자
붉게 물든 그 잎을 넣어서
붉은 향기가 가득히 담긴 편지를 말이다

사랑하는 나의 친구
그동안 잘 지냈는지
궁금하여 편지를 한 통 써 본다네

그 안에다 향기를 더한 단풍잎을 몇 잎 넣어서
나의 그리운 심정을 살펴보게 하자

세월은 소리 없이 가는구나
그 길을 따라서 단풍들도 따라가고 있다.

나의 선물

쌓인 눈 위로
발걸음 올려 딛자 하니
가슴이 아파온다

미여짐이 삭히듯
뿌드득 뿌드득하며 그러듯
그 소리가 마음속을 밟아온다

따뜻한 온천수가
샘을 탈피하려는지
많이도 아픈가 보다

어이구, 내 새끼
이쁘기도 하다
녀석을 해방시켰네.

산사의 곡차

쓸쓸히 찾아온 가을 녘
저기서 낙엽은 뒹굴고
풍경소린 자연스럽게 노닌다

한참을 바라보다
헛기침을 하니 곡차의 맛을
진상하네
어이어이 들어봐
부처님, 너무너무 감사합니다

하루의 녘도
이렇게 저무네.

햇볕이 비추다

볕이 살짝
소리도 없이 찾아왔구나
햇볕은 말이 없으니

창문을 가득 채우고 있고
멀리서 들려오는
따뜻하고도 아름다운 자유가
차가운 추위를 밀어내는구나

사랑하는 사람이여
이제
꿈을 담아서 볕으로 가보세

언제나 변함이 없고
살짝 추위는
창살을 여밀게 한다.

고사목에도 생명이

그 오랜 세월동안
널브러져 있는 고사목이여
한 생명을 움틔워 가기까지가
숱한 풍상을 견뎌왔구나

무서우리만큼 어둡고도 어두운 밤
지새우는 너를 보니
수악한 악마를 이겨내는
너의 강인한 정신을 본받게 한다

돌아서 보니 엊그제 같은데
벌써
천 년의 세월을 기도했구나
산등성이 너머로 불어오는 바람에
인고의 아픔을 실어 보내고
오늘, 하늘에서
눈비가 되어 내리는구나.

민들레꽃

노오란 민들레가 많이도 피었다
온 바닥에 맘 놓고 피었다
한 쪽 구석진 곳에서 무얼 생각하려는지
조용히 소리 없이 피었다
그것도 한 포기에 여러 개의 꽃을 피웠다
올 해는 많이도 피어서 우리에게
신선한 시각적인 향기를 주는 것 같다

야생 나리꽃도 피었고
클로버 꽃도 희게 피었다
벌들은 너도나도 떠날 줄을 모르고
곱게들 간직하고 있는 것 같다

이제 봄을 보내고
가벼운 초여름이 반갑게 더윌 씌운다
바다와 계곡에서 더위를 식힐 즈음
한창 더위가 시작할 테지

사랑하는 우리들의 사계들, 안녕(安寧)
내년에 또 안녕을

함께하나니

맑은 물살은 노을빛에 물들고
순풍에 물결은 잔잔히 인다
유유히 흐르는 물줄기는 기다랗다 끝이 없고
맴 돌다 맴 돌다
여울물 되어 지나기도 하네

소용돌이에 시달려 지쳐 쉰 곳도 있음에
때가 되고 시간이 되면
스스로 여위기도 하는 것을
길고도 오랜 기다림을 맞는 당신

그대는
뼈마디를 잇고 이은 대간의 산맥
사시사철 편식을 하지 않는 건강한 당신이여
봄, 여름, 가을, 겨울
물살의 사랑을 호위했나니
이제, 오래고도 길었던 사랑의 긴 기다림을
당신은 성찬합니다

함께 있으니
함께 맞으니
풍악 소리에 물고기들도 저리 반기고
물살과 대간이 하나 되어 있나니
호수에 힘찬 날갯짓 더한 반기네.

송이버섯

가을에
송이버섯이 난다
우리들의 고추를 닮은 것도 같고
향기도 짙고
독특한 버섯이다

소나무 숲으로 오르다 보면
소복소복하게 세상 구경하려고
밖을 향해 힘차게 밀어 올린다
값은 생김새만큼 간다

일 송이버섯
이 능이버섯
삼 표고버섯

다 맛은 좋다.

도라지는 약초

도라지가 꽃을 피웠네
벌 나비들이 찾아들고
여인네들을 성스러워지게 하는 꽃
기침하는 할아버지 할머니의
가래를 멎게 하는 약초

그리고
맛있는 반찬과 약주
도라지는 만병통치약
치료가 되는 약초 술
그 이름은 도라지

한 잎씩

한 잎 두 잎
낙엽은 떨어지고
그대의 살을 찌우니
앙상한 가지만 말없이 드러나누나

노란 은행잎은 벌써 내일을 약속하고
벤치에 앉아서
시 한 수를 읊어보라 하네

쓸쓸한 안개가 너를 두둔하고
외로운 갈대도 무성하지만
그대를 기억하는 날이 될려는지
은행잎은 늘 다녀가고 있구나
한 잎씩 팔랑거리며

마음의 꽃

아무리 좋은 꽃이라도
네 싫으면 그만이 아니던가
별 볼일 없는 꽃이라도
내 좋으면 좋은 꽃이라 할 거야

봄
여름
가을
겨울

사철화 그 꽃의 연가는
마음의 진실한 꽃은 아닐지
지금도 어디에선가 피어 있겠지.

사계

삼동이 지나고
봄도 지나고
여름을 맞는다

즐거운 날 기쁜 날
우수수 떨어지는 가을날이
저만치서 길을 찾고 있구나

사시사철 중의 한 철인
눈을 연상케 하는 겨울
눈사람 만들기
눈싸움하기
설원의 펄럭이는 깃대

삼동의 한 철인 봄을 맞았다
온 세상에서의 화신이
먼저 자리하는 들녘
아무쪼록 삼동을 잘 견뎠다고

아는 척하는구나

우리의 사계
모두가 몸 건강하게 살아갑시다.

그래도 풍년

가을하늘 공활한데
농부의 웃음 띤 모습은 어디로 갔는지
따스한 해님의 치료제가
눈물 대신 사랑의 씨앗을 건지게 하네

담 넘어 칠성이네는
날마다 기원을 잘 드리니
올 농사도 풍년을 맞이했구먼
역시 칠성이의 농경은
별다른 비법이 있는가 보다

내년에는 태풍이 법석해도
이겨낼 수 있도록
성심껏 농사에다 투자를 약속해 보자
아이구나 쌀밥이
기름기가 자르르하구먼.

은행잎 친구 되어

은행잎 한 잎 두 잎 떨어져
길 위에 쌓여가는 늦가을
노란색으로 보도블록 위로
치근거리며 자리를 잡는다

신발 아래에 쌓이는 잎잎들
아이쿠! 아프다는 소리도 없이
그냥 그냥 다져져갈 때
내 마음도 무척이나 아파했다

벤치에 엽서를 보내오듯 나풀거리며
살짝살짝 떨어지고 있다

아침이슬도 마다 않은 그 위에로 떨어지고
나의 갈 길을 같이 하려는 것인지
은행나무 잎들 기꺼이 받아들이며
아픔은 저 멀리로 떠나갔다.

섣달그믐의 사랑

한 해가 저물어 간다
불고 있는 겨울바람이
해를 지우려 노력하고 있다

흰 눈이 드문드문 길을 도색하고
온 사방을 꽉 메워버린다

손을 벌려서 족쇄를 채우듯
이 기쁜 사랑인 섣달그믐을
놓치지 않으려나 봐
내일은 근하신년

파초

바람결에 머리를 빗어내고
오는 바람에 억새가 춤을 추네
온 세상에 널려진 인생의 파초들
모두가 다 제각각으로 삶을 가고 있다
하나둘씩 새롭게 태어나면서
그런 대로 늙어간다

하늘은
이름 없는 풀을 기르지 않는다
모든 것은 신의 섭리요 각본이다
사라지는 것도 당연한 파초의
답이라고 생각한다

그리고
하찮은 풀이라도
소중히 아낄 줄 알 때
신의 가호가 임한다는 것을
알았으면 한다.

바람

산 위에서 부는 바람은
내리막길을 택하고
들녘에서 부는 바람은
살결을 에운다

봄은 왔으나 바람은 차고
겨울은 갔으나 잔풍질하니
아직도 여물지 않았네

다가올 계절은
아름다운 미풍을 동반하여
따뜻하고 완연한
봄을 고한다.

강녕하소서

삼동의 추위가
춘분을 만나 너그러워지고

하지의 더위가
추분을 맞아 사그러진다

동지는 밤이 기니
한 끼의 참을 더 먹게 되고

사계의 정경은
아무쪼록 강녕한 나날이 되었으면

태양

비질하듯 넘던 저 태양 너머
아스라이 바닷물을 데우고
용광로의 투지는 이내 힘을 주어서
지저분한 모두를 싹 다 끌어다
녹이고 있다

어~허 저 친구
동가식서가숙하는 사람 같군

그러나
새벽은 온다
캄캄한 밤도 오고
너머 아스라이 부푼 꿈을 꾸어서
내일의 승리자가 되렴.

3부

그리운 어머니

어머니의 손길

초등학교 입학하던 날
가슴 앞에다
코 흘리게 손수건을 달아주시고

중학교에 입학하던 날
손다리미로
교복을 다려주시고

중학교 2학년 때는
실과 선생님이 너무 무서워서
학교 다니던 것을 그만 두었던 나
정학, 정학, 자퇴

사랑하는 어머니
어머니의 손길은
회초리와 눈물뿐
그리고 망가진 교복

살얼음 길

보고 싶고 보고 싶은
사랑하는 나의 어머니
찬 서리 맞으며 새벽길 걷던
이고 진 보따리가 너무도 겨웠다
아픔을 고사한 고달픈 길
어머니는 날 업고서도 길을 다했다

보고 싶고 보고 싶은
사랑하는 나의 어머니
상처를 보듬고 감싸 안으며
살얼음 떠나는 듯한 당신의 미중을
나는 보았다
아직도 나의 곁에서 맴돌고 계시는
사랑하는 나의 어머니

어머니는
나를 업고서도
울지를 못했다.

어머님의 사랑

어머님의 손
바디클렌저 로션
온 몸에다 골고루 바르니
향기가 나며 피부는 고와졌다

손은 어머님의 손이요
향취는 어머님의 향기다
고와진 피부는
어머님의 마음이고
바디로션은
어머님의 진실한 사랑이다

사랑합니다
나의 어머님이시여!

산을 사랑하며

어머니를 따라서 육백산에 오르고
산나물을 따러간다
고지의 향기는 언제나 풋풋하여
피부를 아름답게 가꾸어 주기도 한다
산열매를 한 움큼 따서 입에다 넣고
하느님 감사합니다, 했다

어머니의 사랑은
자식을 밑에다 받치어
든든한 물을 형성한다

어머니와 육백산의 산나물을 채취하여
이웃과 나누어 먹는다
어머니, 사랑합니다.

어머니의 꽃밭

따라도 따라도
지워지지 않는 내 모습
한 병 한 병 힘을 다하며
나의 모습을 지워가며 잠들게 하려해도
부딪히는 잔속에 내 마음만 흐려질 뿐

아~
사랑하는 나의 어머니
고향이 그리워도 못가고 있는 이 아들
손꼽아 헤어보니 아득한 그때이고
날마다 찾아오는 설움만이
사랑하는 어머니의 꽃밭을
만들어갈 뿐입니다

사랑하는 우리 엄마
오늘도 어김없이 어머니의 모습을 떠 올리며
아름다운 꽃밭을 만들어 가고 있습니다.

눈이 많이 와

가시는 먼 길에
쌓여가는 하얀 눈
걷는 앞길을 눈으로 덮고
까마득한 그 너머에
날 기다리는 사람도 있구나

한 번쯤은 돌이켜 보자니
아주 멀리도 와 있네
어서어서 달려 가리니
눈 좀 오지 마렴
이제 한 고비만 넘으면 우리 집이 있으니
그곳을 갈 때까지
천천히 내리렴

어머니, 눈이 많이 와.

함박눈

사랑하는 어머니
지금은 하늘에서
함박눈이 내리고 있어요
모두를 삼켜버리듯
온통 하얗게 도배를 하고 있습니다
길을 가는 차들도
하늘을 두 개나 얹고서 가듯
많은 눈이 내리고 있습니다

내일 아침에는
산토끼들이 먹을 것을 찾아서
집으로 내려오려나 봐요
먹을 것을 눈 위에다 뿌려두고
녀석들을 위하는 사랑을 주세요
사랑하는 어머니
지금도 눈이 내려요.

그리운 어머니

사랑하는 어머니 벌써 세월이 흘러서
제가 환갑이 되었습니다
소리쳐 불러보아도 답이 없는 음성은
늘 눈시울만이 앞을 가립니다

사랑하는 어머니
사람이 착하면 눈물이 잦다고 합니다
어머니의 생을 하느님께로 돌려 드리는 날
하느님은 사랑한다고 저를 다독여주셨습니다

많은 사람들이 쉽게도 하는 말
'사랑'이라는 단어가 있습니다
그중에서도 제일로 사랑하는 것은
부모님 그리고 하느님이 아닌가 생각됩니다

그래도 눈물을 흘리질 않는 모두들에게는
하느님께서 그나마 눈과 비를 많이 내리셔서
하느님의 진실한 사랑을 대신하는 것 같습니다

사랑하고 그리운 어머니
모두를 제게 다 부으시는 집념의 사랑은
언제까지나 잊지 않고 살펴서 만들어 담아
그날에 반드시 사랑으로 표현해 드리겠습니다

어머니, 천국에서 눈물 흘리지 마시고
혹여, 흐르는 눈물이 있다면
아름답게 가꾸는 화초의 물이라 생각하겠습니다
어머니, 사랑합니다.

우수의 마음

어머니, 사랑하는 어머니
오늘따라 많이도 그립습니다
창밖에는 비둘기가 찾아와서
먹이를 달라고 보챕니다

보슬비가 내리는 오후
우리는 커피를 한 잔하고자
준비를 하고 있습니다

쏟아져 내리는 우수만큼이나
속을 달래는 것을 느끼지만
아무튼 날씨가 우중충합니다

한 잔의 커피로 고립의 마음을 달래고
땅콩 한 봉지를 꺼내어서
비둘기의 밥을 대신합니다

꾸꾸르르

많이 먹으렴
네들도 우수에 젖었는지 조용하구나.

추석 1

유세차 감소고우

이제, 얼마 후면
추석명절이 찾아온다
벌써, 풀 베는 기구를 챙기고
조상님들의 감사에
또 한해의 농사를 상달한다

묘상에
가득 차려진
갖가지 음식과 제주
조상님들 감사합니다
올 한해도 지켜주셔서 너무 고맙습니다
내년에도
다시 찾아올 것을 약속드리며
따스한 빛을 거들어 주시니
참 좋은 계절이 풍만합니다.

추석 2

내일이 추석 명절이다
햅쌀로 밥을 짓고
풍만한 과일로 성찬을 차리니
차례 상이 풍만하다

제주가 술을 더 하고 모두 다 부복하며
조상님들께 감사한 은덕을 기리며 제를 지낸다
큰절로 감사함을 올리고
잠시 음복을 하면서
그 고마움에 감사하다는 뜻으로
제를 지낸다

내년에도 농사가 잘 되도록
아울러 청하옵니다
한 해의 은덕에 기쁜 감사함을 올리며
이번에는,
가득 따라서 조상님들께 올렸다.

조상님들께

산을 넘고 강을 건너고
짊어진 삶의 무게 속 단풍잎이 물든 곳
추석이 왔으니 성묘를 하러 가세

나는 형을 따르고 형은 나와 함께하며
험준한 산을 넘고 걸으며
조상님의 산소에 찾아왔다

이제는 마지막으로 차례를 드리는
우리집안의 합동차례인데
아뿔싸, 비가 많이 온다
유교적 풍미가 곁들어져 있어서
그 규례대로 망제를 지낸다

나는 학교 갈 때처럼
작은 등짐을 짊어지고 다녀오곤 하였다
멀기는 멀어도 조상님을 잘 모셔야
앞날의 일들이 잘된다고 한다

그리고 조상의 은덕으로
착하게 살 수 있을 것이다.

사랑해

긴 시간 동안
자네의 방을 노크하니
서천으로 지던 지금의 노을이
저~ 뒤로 하고
어둠이 저만치서
홀로이 울다가 날을 지새우는구나

바라는 향수는
이제나
저제나
나의 사랑을 아끼질 않는다

한 쪽 모서리를 보고 있는
선하고도 선한 눈망울이
내일이라도 달려서 가듯
그 한 사랑을
기꺼이 아끼질 않을 것 같다

여보!
사랑하오
그리고 더 사랑하오.

여울의 기도

여보!
기억 저 편에서
누가 찾아오지 않을까 기다려지오
살펴보지도 않고 지나온 세월의 구름은
응어리져서 한을 품으며
내일 또 내일 모자라는 여울의 망울 망울을
담습하고 있는 것 같으오

여보!
기억 이 편에서
누가 찾을까 힘껏 노력한다오
잘 살펴보기는 하여도
쌓여진 세월의 눈구름은 응어리지어
한을 풀어 내리듯
큰 보따리를 풀어버리고 있다오

여보!
기억 여기에서

누가 찾아보려고 손짓을 하여도
메아리가 웅어리져 버렸는지 돌아오지 않는구려
사랑하오 그리고 진심으로 사랑하오
당신의 영원한 사랑이 지금 기도하오
여울의 기도를

마당에서 핀 꽃

큰누나가 왔다

큰누나 나 많이 아팠어
우리 막둥이 울지 않아야지

큰누나 이것 뭐야
막둥이 까까
엉 엉 엉

그만 그만 우리 막둥이 착하지
큰누나 이젠 가지 마
그래.

학교 가는 길

주먹밥 싸서 짊어지고
학교 가는 길

비탈길을 따라서
산속 길도 걸으며
계곡 길도 거닐며
학교 가는 이십 리 길
멀기만 하다

계곡 길도 거닐며
산속 길도 걸으며
비탈길을 따라서
집으로 가는 이십 리 길
아득하기만 하다.

누나들의 목욕

한 여름철 어느 날
누나들은 흐르는 내에서 목욕을 한다
등어리 서로 밀며 온 몸을 깨끗이 하고
물 밖으로 나온다
나는 보초병
아무도 못 오게 지팡이 하나 만들어 들고서
목욕을 다 할 때까지 지키고 있어야 한다
그 값은 사탕 한 봉지

누나들은 즐겁고 좋다 하며
온 몸을 다 내어 보인다
그러고 나면 누나들은 보초를 잘 섰다고
등을 다독거리며 두드려 준다

누나들의 모습을 볼 때면 나는 정말로
이상한 느낌을 갖기도 했다
그러나 누나들은 나를 좋아한다
피부가 하얀 누나들은 다 이해하여 주었다.

그리운 내 고향이

멀지도 않는 요즘의 세상길
아득히도 그립지만 가고 싶은 이 마음뿐
피해갈 수 없는 운명이 숙명으로 찾아와
내 눈물을 훔쳐가고 있네

좀 된 사십 년 민초에 묻혀 산 해들
그러나 나는 할 일이 많다
말없이 독한 객기를 꿈꾸며
우리의 조상님들께 꿈속으로나마
찾아가고 있다

널리 이해를 주심에
사랑하고 감사올립니다
그리고
내일은 동녘에서 불타오르겠지요
그리운 내 고향이

빈손

고향은 가까워도
갈 수 없는 나날이여

삶을 살진대
어이타 힘이 드는가

빈손으로 가는 고향역
그 누가 반길쏘냐

코스모스 꽃길에서 서성이다
나는 발길을 돌렸다.

따뜻한 우리 집

설한풍에 부서지는
섭씨 능선에 올라
아득히 먼 곳으로 내려다보니
새하얀 눈이 쌓여있다

귀는 에워싼 수건으로 가려
한풍을 막으며
발은 추위에 서려
많이도 시리다

그래도 살겠다는 욕망은
추위를 이겨내며
저만치서 다가오는 따뜻한 우리 집이
조금씩 다가온다

어서어서 군불을 지피니
추운 날씨의 동령은
휘파람 결로 스쳐갔네.

4부

초월의 기도

하느님을 따라서 가는 나

꽃이 피고 꽃이 피면
마음 설레고
꽃이 지고 꽃이 지면
마음 아파라

살포시 씌워내려 비뚤어지지 않게
두 손 모아 기도하는 간곡한 여인
촛불 밝힌 심지처럼 묵상의 간절함
자하(紫霞)에 물이 든 목마른 심사
캄캄한 새벽 녘
이슬 되어 맺혔구나.

세례

성부와
성자와
성령의 이름으로
아멘

하느님의 거룩함으로
영원한 세례를 주노라
세례자는 신분에 맞게끔
성실하고 착하게
신자의 도리를 다 하여야 한다
아멘

성부와
성자와
성령의 이름으로
아멘!

하느님, 감사합니다

미사보를 머리에 얹고서
제대를 바라다보며
오늘도 두 손 모아 기도합니다

두 손으로
성체를 받아들이고
하느님, 감사합니다
아멘으로 답을 드리고
살살 녹는 성체를 받아먹는다

신부님의 간절한 은덕이
우리들에게로 엄습하며
달디 단 꿀맛을 주입시킨다
하느님, 감사합니다
성부와 성자와 성령의 이름으로
아멘!

초월의 기도

사랑하는 하느님
찬미 영광 받으소서

하느님을 모르는 거리의 천사
삭막한 거리에서 벙거지 하나 건졌습니다
엄동설한 배고픔을 건지며
하루하루를 감사하게 살아가고 있습니다
보잘 것 없지만 거리의 천사를 좋아하고
참 이쁘고 귀여운 녀석들이 있습니다
생명의 피가 소중한 줄도 모르고
한없이 긁어댄 자리에로 맺혀진 생명의 피가
녀석들의 주린 배를 채우는
먹이가 되고 말았습니다

참 많이도 배가 고프면 간질이기도 하고
배가 부르면 구석구석에서 자리를 잡고
곤한 잠을 부르기도 합니다
그리고 너른 세상을 헤쳐 다니기도 하고

씻지 않은 모양새는 참 나 닮은 모습입니다
머리에서 발끝까지
살결을 에우고 있는 참호 속이라면
어디든지 자리 잡고 있습니다
평온한 꿈을 꾸면서 말입니다

사랑하는 하느님
찬미 영광 받으소서

쉼 없는 세월의 여정을 참 감사하며
사랑하는 하느님의 마지막 전령이 된 듯
하얀 눈이 거세게 휘몰아치는 거리의 골목어귀에서
사랑스런 나의 친구들을 대신하여
한량없이 당신께서 주신 감사에
참 많이도 아파할 것이라고 말입니다

하느님
사랑하는 하느님이시여!

삼동의 이 추위가 다할 때 즈음이면
마지막 전령이 된 거리의 천사 저는
하느님께로 생의 마지막 초월의 기도를
올리도록 하겠습니다
온 누리에서 가장 낮은 곳
그 낮은 곳에서 제가 서 있겠습니다

일생의 천한 몸
거리의 천사되어 다녀가지만
보고 듣고 은총의 감사를 받은 그대로
초라한 저의 모습과 생을 진실 되게 담아
정성껏 준비해 놓도록 하겠습니다

사랑의 하느님
찬미 영광 받으소서

나의 찬란한 하느님이시여!
영원한 생명의 하느님이시여!

예에서 예까지
하느님을 진정으로 사랑했었던 한 생이
세상을 초월하려는 제게서
이제, 저의 마지막 사랑의 눈물을
거두어 주소서
이 사랑의 눈물을

하느님
참 하느님
그 드높은 곳 그곳에서도
많은 영광 받으소서
영원토록 말입니다

성부와
성자와
성령의 이름으로
아멘!

쾌지나칭칭나네

하느님의 사랑이
천지를 감화시킬 때
어둠에 속한 자식들은 모두 다
찬란하고 영롱한 빛
아름다운 그 빛을 보게 되리라

수악한 악마는
고개 떨구고 엎드려져 부복할 것이며
가식의 탈들이 여기저기서
영원히 불타고 있을 것이다

보라
진실한 사랑을 느낄
그때를

삶의 파괴

잠든 영혼들이여!
아성에 잠든 그대들이여!
모든 영혼을 괴리시켜서
내 기꺼이
곡학아세하는 그들을
반드시 무너뜨리리다

잠자는 영혼
살아있는 하늘을 두고서
나 맹세하리다

잠깐의 실수는 영원하지 않으니
그 실수를 본보기로 하여
다시, 일어서도록 만들어 보겠소.

창가에 앉아

나는 창가에 쓸쓸히 앉아서
나의 그리움을 섧으려하네
하늘을 쳐다보아도 악이 없는 세상에다
푸른 창을 만들고
그 마음은 참답다고 해야겠다

앞을 보면 뿌듯하고
뒤를 보면 괜한 걱정이 생긴다
항상 한울타리 안에서 살지만
우리가 살아가는 세상은
그리도 마음 편치는 못할 것이다
어딜 다녀가도 정성껏 내 것을 알리고
또한 내 것도 잘 엮어 갔으면 한다

담장에 펼쳐져 있는 담쟁이 풀이
한 쪽 벽을 차지하고 있으니 그 기슭을
보노라면 악마의 그물 같기도 하다
그러나 악마의 기도는 무얼 의미하고 있으며

악의 없는 마음의 창이 많이 무서워서인지
창문을 늘 닫고 있다
오늘도, 그대 창가에서
널 기다리고 있다고 전할 뿐

나 기도하겠소

나란 사람을
조금만 기억해 주신다면은
나 그대들을 위하여 정녕코 기도하겠소
황량한 가지를 흔들며
찬바람이 불어대도
강렬한 한풍이 몰아쳐 와도
내가 서 있는 여기에다
인고한 아픔을 더할지라도

그때가 임할 그날
난
여기서 속 시원하게 떠나버리리다
그리고 그대들을 위해서
아름다운 기도를 드리겠소

먼 훗날
후회스런 날들이 변화무쌍하게
이 몸을 기다리고 있을지라도

아이 좋아라

멀어져 있던 사랑
달래는 바보
곁간에 울먹이던
그 슬픔 널 감싸고

전선의 장막엔 삭막함이
따사로운 평화로 깃들어져 오며
마침내
우리들 사랑에도 꽃이 피니
사랑아, 아이 좋아라.

여운의 손짓

어느 누가
찾아올 기약도 없는 나
나는 가슴을 여미지만
사랑이 울고 있는 저 너머에로
소원을 빌어서 띄워볼까

사시사철 여윈
당신의 아픈 가슴속
여린 마음 부여잡고 목놓아 부르짖는다
나도 한 번 여운의 손짓이나 보내볼까

별 볼일 없는 넋두리 하소연
당신의 품에다 안겨드리려 하니
차마 면목이 앞서는구려

잠깐만 저를 위해서
너럭바위에 쉬어주신다면
저는 한량없이도 감개무량 하오리다.

내가 당신을 위해서라면

밤새
검은 가면을 쓰고 다니던 산소
이른 아침이 되어 가면을 벗어던지고
보잘 것 없는 이 몸을 기다렸었나
네 오기만을 기다리다가 이 몸은
그냥, 잠이 들고 말았소

내 따뜻한
온기를 데우고 있으니
잠시만 기다려 줄 수 있겠소
당신을 위해서 하는 일이라면
내 기꺼이
이 작은 창일지언정 닫아둘 순 없잖소
당신을 위하여
무한 것 젖혀드리리다.

기도합시다

나 그대를 슬프게 하지 말고
서럽게도 하지 마소
그리고 함께 있게끔
늘 기도합니다

나의
어여쁜 사랑
목소리 아름다워 울려나고
사위는 벌써 춤을 춘다오

가라앉은 내 모습이
오늘따라 더 서글퍼 보이던가

어여쁜 사랑
그대여 서럽게도 슬프게도
말아 주소서
사위는 벌써 춤을 추고 있으니
우리 다 같이 기도합시다.

천국의 열쇠

검푸른 바다에 세찬 파도가
황량한 사막에 세찬 바람이
물고기와 전갈의 천국
인간의 자취는 그 어디에서도
찾아볼 수가 없다

누가
태양을 향해
첫 그림자를 세우려나

누가
황량한 천국에다가
첫 왕국을 세우려나

그대들이 가는 날
그 자리에
바로
천국의 열쇠가 주어지리니.

기다림 2

어제 없었던 일이
오늘에야 있겠으랴
행여 당신의 따뜻함이라도
느끼고 싶소
만남의 장소가 너무도 먼
심사는 아니었던가

나는 그래도 너를 믿고 있지만
당신은 거짓말쟁이가 맞는 것 같소
길고 짧은 기다림도
내 마음속에서 다 떠났던 것이기에
내 어찌 불안한 잠을 청하지 않으리요.

빈자리

나는 갈 길을 잃었지만
당신만은 사랑합니다

그대여
서글픈 이별의 눈물보다는
이글거리는 저 태양의 마음을
우리는 사랑합시다

당신이 없는 그 빈자리
여미어지는 이 아픔
오늘 따라 무한정 이글거리며
피어간다오
아직도, 네 떠나간 그 빈자리로

보고 싶은 당신

사랑하는 당신아
지금은 무얼 하고 있는가
단풍잎 떨어지는 이슥한 가을에
벤치에 앉아서 사랑했던 찐함을 떠 올리며
한 장 한 장 가슴속에다
고이고이 살펴가고 있겠지요

누군가를 기다리고 있을 여기에
날 기다리는 사람은 당신이련가
가을비 추적추적 내 속을 다스리고
가고픈 거기에 기꺼이 이 몸을
초대하려는지

벌써,
많은 시련의 한숨을 품으며
돌아오지 못할 세월의 다리를 지나
하나하나 나열하는 가을의 잎들로
단풍 여인이었었던가

붉은 해바라기 모양을 수놓아서
지는 해를 아마도 지켜보고 있겠지요
중심이 흐려질 때
온종일 전철에다 몸을 싣고서
그 그리움을 좇아볼까 하네.

비곡

꿈으로 달려보는 매일 밤
먼먼 세계를 그려보지만
항상 좋은 날만 있는 것은 아니더라
돌아다보면 힘겨운 날이 더 많았지
많고도 넉넉한 힘 있는 코를 골며
정성을 다 하였건만
삼라만상에서 예쁘고 아름다운 임을
아직 만나진 못했네.

미(美)

사랑은 아름답다
눈물은 사랑스럽고
이별은 눈물이다
아름다운 사랑은
눈물을 보이질 않는다

그리하여
사랑은 차갑고도 깊고 얕은
의미가 있다

사랑
이별
눈물

삶의 미소는 더더욱 새롭고
아름다운 것은 아닐지.

신뢰 있는 삶

사랑
그리고 행복

이별
그리고 눈물

그리움
그리고 미워함

그러나
신뢰는 영원한 사랑의 축복
최상의 축복은 신뢰가 아닐는지.

사랑의 꽃

사랑의 꽃이 피면
얼굴엔 스스로의 축복이
따라서 피어난다

괜한 것에 주기가
사랑님을 만들기도 하고
서로가 어른이 되어가듯 이전투구하며
세상구경의 속내를 음미한다

그 누가 마땅할까
외로운 짝사랑
공부의 저해를 가져온다
그리고
울긋불긋 모습으로 치장하여
어른스러워 보이려 하는 그 나이
잘들 이겨냈으면 한다.

이별은 저 멀리로

사랑하지만 쓸쓸한 이별
좋아하지만 미워지는 시기심
가고 싶지만 갈 수 없는 굴레
언젠가 오려는가 청춘의 힘
꿈꾸는 희망의 답을 찾을 수만 있다면
부복하여 조아리리다

이제
제대 앞에서
두 무릎을 꿇습니다
고개 들어 제단을 우러러 보며
정성 다한 기도로 내일을 얻을 수 있게끔
정히 기도하겠습니다

그 영광 어찌 다 표현할 수 있을까
오늘도 쓸쓸한 길을 가고 있는
나

5부

인생, 눈물을 벗 삼아서

시련의 한숨

폐부 깊숙이 파고 들어와
온 몸을 데우고
시린 손 사잇길에 사로 잡혀
한숨을 흉내 내고 있구나

사잇길에서의 한숨은
두 터널을 지나 삶을 다한 뿌연 연기
막노동판 아저씨의 코고는 소리와
뱃고동소리의 운율을 타고
먼 길 마다않고 길 떠난다

아~
이 서러운 세상
너무나도 힘들다
일한 만큼 먹고 살 날
그 언제나 찾아올까
휴~우

축복

어떤 인생이
세상길에다 울음을 고했다
아침 해 솟아오를 때
양수의 힘은 매우 강렬하다
끊임없이 작렬하는 그 힘
한 생, 누구일까

길이 있기에 가기는 간다만
다가올 섫은 날
없기만을 나 기도한다
그러나 정녕코
눈물은 아끼진 말자
축복이기에

인생

무한 세상
한없이 살다갈진대
무엇이 이리도 힘이 드는가

하늘 땅
온 산천은 그대로 있고만
하필이면 그다지
나만 가려고 하는지.

은총

꽃 피는 것을
좋아하지 말고

꽃 지는 것을
아파하지 마라

그 언젠가
반드시
좋은 날 있으려니.

오차의 한도

소외된 나의 삶이여
오늘도 나는
나의 폐부를 억누르고 있다
인생, 가난한 삶을 알진대
부자의 입술은 메마를 날이 없구나

가도 가도 거칠고 황량한 거리에서
나 혼자 날개를 편다 한들
알아주는 이 없으니
나의 삶 한 부분을 뚝 잘라서
쪼글쪼글한 모양새를 또 편다 한들
부자의 입술은 따라 잡을 수가 없구나

허무한 세상
화무는 십일홍이라 했던가
허무한 발걸음으로 향하여져
우리들은 말없이 가고 있을 뿐이겠지.

지상낙원

한 푼 없는 딸딸이
홀아비 한 사람
하늘에서 내려주셨나
대그룹 젊은 여사원을
아내로 맞아들이고
일생에도 없을 듯한
지상낙원에서 살아가고 있으니
복도 복도 그런 복이 어디 또 있으랴

나는
오늘도 쉼 없는 정성으로
처갓집 말뚝에다 감사한 답사로
뻣뻣했던 허리를 굽히고 있다
더한 사랑에 대해서도
감지덕지한 사랑을 약속받는다.

석연찮은 미소

하늘에서
단비가 내리는 날
시름 진 농부의 입가엔 석연찮은 미소
처마 끝에 떨어지는
낙수를 바라다보며
언제나 그칠까
단비 내리는 먼 하늘만 쳐다본다

온 몸에 걸치어 있는
말초신경을 달래고자
필터 없는 새마을 담배에
불을 당긴다

휴우~

세월의 공

자네와 함께한 세월
흐르고 있는 냇가 어귀에 앉아봤네
가던 길 멈추고 목을 축이려
수정같이 맑고 맑은 웅덩이에
나 엎드려 감사의 성수를 들이키려 하니
나의 이마에는 벌써
세월의 계급장만 수려하드라

세월아
이 또한 너의 공을 힘입으니
흘러가는 내가 다 하는 그날까지
내 어찌
감사함을 모르겠다고 할까나
세월
너의 공을
입었다는 것을 말일세.

깨달음

가난한 곳에서
진정한 움이 트며 싹이 돋는 것

어두운 곳에서
참다운 빛의 감사를 알고

밝은 곳에서
가위 눌린 악몽을 꾸진 않는다는 것

그러나
배불러서 만끽하듯 살이 찌니
갖은 병만
한없이 들락거린다.

아쉬운 생

세월아
넌 좀 비켜갈 수 없겠니

눈물을 흘리려고 나를 찾았나
거두려고 나를 찾았나

떨어지는 발걸음마냥
흐르는 이 아픔의 고진
날 따라 함께 거닐어 주었으면

산천초목도 울고 있고
먼 훗날 영원까지도 가야 할
나의 분신마저도 슬피 울고 있구나

돌아다보면 아쉬운 생
앞을 바라다보면 서글픈 세월
가라, 가거라
네 싫거든 아주 아주 멀리 떠나가거라

다시 또 아쉬움 안기려거든
슬프게도 거닐어 주지는 말고서

건투를 빈다

사랑
그 또한 사랑이 밤새도록 나를 기다리다가
나도 모르게 잠이 들고 말았어
고여지는 눈물이 송골송골 맺혀 그 이슬망울이
또한 날 기다리다가 잠이 들고 말았지

꿈길에서라도 널 만나려
한없이 한없이 달려도 갔었지만
난 그만 그때도 잠이 들고 말았어
깨어서 정신을 차려보니
초라한 내 모습은 감출 길 없었고
지나가는 사람들 나 불쌍히 여기다가
발걸음을 돌렸다오

날 에웠던 찬바람만이
그대의 환상으로 인도하고 있을 뿐
얼어붙은 발걸음을 떼질 못하고
영원한 꿈속으로 날 깨웠소

난 비굴한 인생이 되기 싫어서
영원한 축배의 잔을 들며
나의 아름다운 생인 전부를 다독였고
그리고 건투를 빌었소.

서핑

낭만은 파도가 이끌고
스릴은 파도가 만든다

수악한 악마가 도사리는 바다
판때기 하나
나의 긴장을 지우게 한다

그 하나
나와 하나 되어서
환희에 찬 물살의 파고를 뚫게 하나니
이보다 멋진 스릴이 어디 또 있으랴.

인생은 열두 줄

철따라 피고 지는 꽃이라도
내 아프면 좋은 줄 알겠으랴

사랑도 피고 지는 꽃이라도
네 아프면 좋은 줄 알겠을까

우리네 인생
각각의 열두 줄 마음
가야금 같다 하리다.

고독한 인생

울지 마라 울지 마라
네 울면 나 또한 울고 말거야
고독한 이 사람아

가슴이 무너지는 일파만파
네 어찌도 걸인연천(乞人憐天)하며 사는가
쓸쓸한 고사목아
바람이 일면 임을 다시 오게 할까 보다
저 편에서 오고는 있다만
태양은 아직, 나질 않고 있으니

네 얼룩진 얼굴
이 한 세상 서러워서 어찌하리니
세월 따라 가는 몸과 사랑
바람 따라서 그냥 실없지 말고
흘러가는 내에다 한을 실을 수만 있다면
내 그 마음 기도할 테니

상념에 비쳐 떠오르는 열정
세파에 얼룩진 그 설움을 지나서
그냥 그냥 또 가실거야.

단순하지만

나의 하루

아침 비 그치면
난 준비를 하겠소

곧 태양이 비치면
난 일을 하리다

밤 달이 비추면
난 집으로 가겠소

그리고
하늘이 별을 수놓으면
난 그 꿈길에서 별을 헤리다.

일의 축복

모자를 쓰면
일을 하는 것이고

모자를 벗으면
일을 하지 않는 것이다

나는 당신을 위해서 모자를 쓰려니
이 또한
일의 축복이 아니겠는가.

남아의 정신

날씨가 많이도 춥다
약주를 따끈하게 하여 한잔하고 싶다
하루의 일과를 다 하고 집으로 가는 길에
추위도 달랠 겸 포장마차에 들어섰다
사장님, 안주 한 접시와 소주 1병만 주시죠
안주는 모둠구이로 하고
소주는 진로로 해 주셨으면 합니다
네, 여기 있습니다

경음악으로 음악을 듣고 싶군요
그러지요. 안 그래도 손님도 없고 적적함이 들었는데
사장님도 한잔하시죠
적당히 한 잔만 받겠습니다

한 잔이란 것은 시작이요
심하게 맴도는 우울증 치료제가 아닌가 싶다
요즘 따라 술을 이기고 추위도 이겨가니
용감하고 실속 있는 건강 지킴이 아닌가

아~ 내일은 또 어디에서 술의 주법을 배워볼까 하며
남자들이 다니는 대로로 걷고 있다.

우체부 아저씨

편지가 왔네

하늘에서는 눈이 내리고
넓은 마당에도 많이 쌓였다
눈을 밟는 우체부 아저씨, "안녕하세요"
눈을 털털 털어내며 "편지요" 하신다
편지가 많이 왔다

점심 준비를 하는 어머니
길 일러 주시는 우체부 아저씨께
따끈한 시래기 된장국에다 막걸리
한 사발을 들게 하신다
고단한 하루의 반나절
잠시 머물렀다 가시는 우체부 아저씨다

아직도 많이 남아있는 수신처들
또 다른 번지수를 찾아서 떠나시는 우체부 아저씨
길은 미끄러워도

조심조심히 발걸음을 내딛으신다
우체부 아저씨는 다음의 번지수를 찾아서 간다.

한 방의 잔치

꽃향기 숨을 죽이고
조용히 갈 곳으로 날아간다
아버지 코고는 소리에
술 향기도 이웃동네로
소리 없이 조용히 날아가 버렸다

우리는
한 방의 화끈하게 예견된 잔치로
어느 곳에서 그 잔치를 벌일까
아무도 정해진 곳을 모르는 심사
시끌벅적하던 잔치의 향연은
조용히 때가 되면 그곳을 떠나게 되고
머지않아서
또 다시 승리의 만찬이 시작되리라

나의
사랑이 머무르는 곳
그곳에서

장인정신

나는 오늘도 쓸쓸히 집을 찾는다
스잔한 선풍은 여름을 보내는 아쉬움이다
아쉽게도
대장간 불 꼬챙이 뻘겋게 달아올라
임 그리운지 식을 줄도 모르고
힘은 들어도 장인정신이 깃들어있구나

찬바람 불고
갈 잎 떨어져 뒹굴며
절간네 풍경소리 딸랑 딸랑
갈바람 맞으니
저 아래 나그네
우릴 보고 기도하시네.

원한

원한의 그림자 지우기
맺은 한 무엇으로 남기고 갈까
돈을 남겨야 할까
아니면 차라리 우리가 용서를 드릴까
한 번이면 끝나는 것을

그러나 그것이 그리도 쉬운 정세는 아니지 않은가
다들 잘났다고는 하지만
우리들의 실상을 보면 그렇지도 않으려나봐
좀 더 거국적으로 화해와 용서를 할 때다.

타향

청춘의 꿈은
반드시 돈이 있어야 한다
밥은 굶지 말고 잠도 잘 자고
무조건 내 속만을 먼저 채워야 한다
그리고 멋을 부리지 말아야 한다
정은 있지만 서로가 배고프다

고향 하늘이 있는 곳을 쳐다보며
눈물 한 방울 쏟아본 서러움
이 서러움을 이기고
행복한 그날을 위해
사랑의 희망을 가지고
살아가야 한다

자수성가, 수신제가를 하여
열심히 희망을 가지고 살아가자
그리고 달리자.

세월 가는 길

그리움이 뜰에서 기다리고
세월 가는 것은 거울에 보이더라
오는, 당신은 무엇을 담았소
가는, 이 사람은 돈이나 담았지

세월의 변천이 유구하지만
오가는 사람들 그늘이 되어 주더라
그대의 사랑과 꿈
참 아름다운 겨울의 모든 것에
시선 이동을 암시하고 있나봐.

커피 타임

따뜻한 물에 설탕커피 한 개
살살 잘 저어서 한 모금 넘기니
부드럽게 넘어간다

앞으로도 남아있는 열린 공부
피타고라스의 정리를
한 번 해 볼까

사인, 코사인, 탄젠트
그리고 등등이
나의 기분을 전환시켜 주곤 한다
고맙다 반전을 위해서
충만한 타임

따뜻한 정

정이란
삶의 찌든 때일까
아니면 밤의 서글픈 으악새일까
또 아니면
이성의 아픔일까
연민한 사랑의 정일까

아우라지 뱃사공 아저씨야
배나 좀 보내 주소서
흘러가는 내가 너무나도 깊으니
어떻게 건너갈 방법을 기다립니다
어이, 노스님
어느 귀인을 찾고 있었나
따뜻한 정을 한껏 베풀려나 보다
기다려 보세.

이국에서

지중해 트리폴리 해안을 거닐며
바닷물을 한 모금 떠 마시고
일행과 함께 치킨 집으로 들어섰다
두 마리를 시켜서 먹고
또 물 한 병씩 시켜서 먹으며
우리는 또 다른 여정인 동물원으로 갔다

잘 지내던 코뿔소가 놀라서인지
씩씩하게 자리에서 일어나 섰다

지금은 오래된 많은 세월 속에
리비아엔 언제 다시 또 다녀올 수 있을는지.

사색

어제 우리는 이사를 했다
빈집을 수리하고
먼지 깔린 방바닥 냉골은
다 먼저 자리를 했다
하나하나 정리를 하고
배고픈 속을 달래는 시간
저녁밥이 도착했다

내일은 토요일
힘든 하루하루가
버겁게 만드는 것 같다
안경닦이로 먼지를 지워내고
나는 앞날을 사색한다.

내로소이다

약속의 사내
바람 따라 떠나간
무정한 사내
바람 불면 다시 온다고 했지

눈보라 치는 광야에
어이 홀로 거닐며 애써 참으려던
추위에 눈물이 가냘프다

어둠은 길을 재촉하고
광야에서 흐느끼는 아픔의 메아리는
쓸쓸한 서글픔으로
입을 열지 못하게 한다

그러나
약속은 언 가슴을 녹이고
광야에 어이 홀로 거닐고 있는지
과연 내로소이다.

인생, 눈물을 벗 삼아서

돌아오지 못할 길
어떻게 살아왔는지
걸음걸음마다
나의 한을 풀었었던가

지금에 와서 돌아다보니
아득한 꿈만 같고
가볍게 짊어진 보따리가
여기까지 가득하여서
내일을 살피려니
눈물만 서려 있구나

산사의 풍경소리 오늘도 이내 맘을 알지니
돌아오지 않을 길 눈물 내며 딛고 가네
영혼의 씨앗
눈물을 벗 삼아서

시가 있는 아침

원두커피가 제대로 빛깔을 띠고
모두는 서로를 보듬고 있다
따끈한 마음속을 추스르고
오늘 하루도 희망을 가지고 뛴다

사랑하는 사람
행복한 사람
불행한 사람들
모두가 다 시작의 아침을 연다
그리고 내일을 위한 희망의 약속으로
기분을 풀고
그 길로 승차한다

모두들 사랑합니다
오늘 하루도 안녕히 행차하세요
시가 있는 집으로

구름이 운다

사랑 그리고 인정도 없는 세상
사랑하는 나의 친구야
오늘 한잔하세나

거기에 나 있다고 하지 말고
구름 위 세상에서 나 홀로 노닌다고 하여라
그리고 날 묻거든
하늘 아래에 나 없다고 하여주고
새 출발하려고 떠났다고 하여라

새벽잠은 나보다도 더 잘 자고 있으니
내 잠을 가져다가
임 앞에서 때를 기다리게 하여라

이 세상에서
날 아는 이는 몇이나 될까
해 저문 한풍의 소리가
몸을 단련시키고 인내의 고향으로

인도하고 있구나

홀로 한 나
슬픔이 나를 녹이고 있으니
하느님이시여!
저를 좀 살펴주소서.

알고 있는가

여보게나
난 가네
해 뜨는 동편으로 말일세
허무하고도 슬픈 것이 사람의 운명이라면
화려하고 낭만적인 것은 사람의 낙인가

그대
자네가 한없이 올라갈 때
나는 한없이도 고달팠었고
참으로 저주스러웠다네
자넨 아직도 해가 남아있는 줄 아는가
난 이만 해 뜨는 동편으로 떠날까 하네

우리 이젠
다시 만날 날 있을까만은
그래도 만났던 인연이 있으니
자네가 가는 그 길에서 슬픈 길은 피하시게
나 또한 서글퍼도

눈물일까 걱정이 된다네
친구야, 사랑한다.

이기주의자

외로운 사람은
사랑이 에워싸도 변화되지 않는다

그리운 사람은
홀로 있어도 울지를 않는다

사랑하는 사람은
남을 살피지 않는다

고향이 없는 자는
한 곳에서의 삶을 져버린다

외로운 성공은 늘 그러하다.

6부

항진의 노래

고사머리

모락모락 피어오르는 김
가마솥 뚜껑을 열고 보니
맛있는 돼지머리 하나가 있다
약한 불에 속 뜸을 좀 들이고
마침내 완전한 해부가 시작된다

유세차 감소고우
고사를 잘 지내야
축복을 많이 받는 거야
올 한해도 많은 사랑과
은총을 내려 주소서.

과대망상

남의 것을 모방하고 잘못 착각하여서 같은 양으로
비유를 한다면 그것이 바른 정석이 아닐 것이다
그렇지는 않은데도 의심을 하고 착각을 하여
그 길로 가는 것을 볼 때면
그것은 탐욕, 바로 그것이다

아무리 우수하여도 그 능력이 비추어질 것이고
아무리 능력적이라도 그에 맞는 행실을 하여야 할 것이다
타고난 것은 맞는 일이겠지만
무작정 그 행위의 장·단점을 가린다면
즉흥적인 망상이 아닐 수도 있을 것이다

그렇다손 치더라도 사리에 맞게 키워보자는
의미가 있는 것인데 누가 누구를 키우려 하는가
언젠가는 사필귀정 그대로 돌아가는 것을
결코 잊어서는 안 된다
난 약간 인간의 편에 설 때도 있겠지만
그렇지 않을 때가 더 많다

모두가 다 보면 가면극이나 다름없는
오늘 날의 세상이 아닐까 염려가 된다.

대한의 길

하늘 길이 열리기 전에
모든 길은 대한으로 통한다

세계 어느 곳에서도
우리 대한을 모르는 사람들이 거의 없다
그리고 한반도는 신의 나라가 아닌가
사계절이 있어서 좋은데
춥고, 따스하고, 덥고, 선선하다
또한 아름답다

사랑하는 하느님이시여!
그러나 날마다 저 잘났다고 착각들 하고 있습니다
그들을 바라다보면 참으로 안타까울 정도입니다
죄송하지만 어리석은 것 같습니다
잘못된 주구의 길이 멍청하다 못해 영악들 합니다

그리고,
나는 누가 누구를 망가뜨려도

반드시 새 세상이 되기만을 기도합니다
바른 손뼉을 많이 치는 날이 되길 바랍니다.

천둥과 번개

무슨 업이 그렇게 많기에
천둥치고 번개가 번쩍거릴까

사람은 누구나 다 지은 죄가 있을 것이다
그 높낮이의 차를 가지고
저승의 재판을 받아야 한다

그렇지 않고 죄의식이 없는 사람은
누구나 다 달리 지은 죄가 있을 것이다

없는 사람은 한결 마음이 편코
영원한 삶을 그리고 있을 것이다

사람은 정직하고 마음을 비워두어야지
닫고 열지 않으면
벼락의 죄를 받을 것이다

그러니 우리들은 솔직하게 문을 열고서

살아갔으면 한다
건전하고 정직하게
살아가시기를 기도한다.

누이 좋고 매부 좋고

도랑 치고 가재 잡고
눈 치우고 길 낸다
그물치고 게 잡고
먹이 주고 새 잡는다

굴진하여 돈 벌고
채산해서 배 채운다
해바라기해서 근을 키우고
잘 주입한다

싫다 하는 여자는
한 사람도 없다더라
간단하게 숫 골인
어깨를 으쓱대고
마음은 흡족하게

해장술로 속 풀고
속 푼 뒤 바로 땡긴다

공부 많이 하셨네요
조금~

힘내

삶이 힘들더라도
어지간하면 빚진 삶은 살지 말자
그것이 더 고통스럽고
아픔은 날마다 저미어 오게 된다
조금 더 노력을 하고
양심의 근로를 한다면
배를 곯고 사는 생활은
피해갈 것이다

삶이 힘들고 고통스럽다 해서 피해 간다면
앞으로의 세상살이는 비전 없는 술잔을 들다가
후회 많은 내일에 도장을 찍게 될 것이다
그리고 희망을 잃고
결국은,
초라한 민초의 꿈을 꾸다가
지고 마는 것은 아닐지.

뛰자

긍지 있게도 임 그리워 우는 사람
왜 그리도 약한 모습인지

어두운 밤길을
홀로 하는 나
서러움 떨치려
운동화 끈을 묶었다

뛰자
열심히 뛰자
내일을 위한 그 그림을 함축하여
머릿속에다 기억을 집어넣고
아무도 모를 나만의 투지로
열심히 뛰어가자
힘이 들어도 내일 밝은 날을 위해서

죽서루

죽서루 오십천 내에
황어가 뜀을 뛰고 있고
송어와 은어가 앞 다투어 힘을 낸다
장광(長廣)한 오십천은 너르기도 하지만
날 찾아 왔는지 더 힘차게
뛰어오르고 있다

정송강 오시려는지 이들이
먼저 알고 있구나
루상에 진수성찬 가득하니
사랑하는 강아가 옆에서
잔을 채우네

고을의 현은 사정을 알리고
다음 당도할 일송정에
오추마가 알리려 가네
강아의 성심은 정송강을 움직이고
차분히도 인도하는 요석이렷다

하회와 같은 어명의 일들을
잘 돌아보시니
오늘이 바로 행복의 이별이로세
강아가 일송정으로 정송강을 인도하누나.

자승자박

이상을 좇는 자
세상을 접수하고
인간의 진수를 건 평화를
거두어들일 줄 안다

삶을 제대로 아는 사람은
어둡고 어두운 곳에서도
기꺼이 살아서 돌아오지만
자신을 모르는 자는
스스로를 꽁꽁 묶어서
더한 이상을 좇지 못한다

그래서 우리들은
낙오자가 되지 말고
강인한 정신력을 길러서
강건하게 짝을 이루어 가길 바란다
자승자박(自繩自縛)하지 말고

모범생

금연을 함에는
새 생명을 얻은 것 같고
금주를 함에도
건강이 새롭게도 좋아질 것 같다

과한 것은 좀 더 절제하여서
한 번뿐인 세상살이를
아름답게 그려봄도
나쁘진 않을 것 같다

깊은 사고는 긍정으로 하고
얕은 사고도 살펴하여
모든 이에게 건전함을 내포한
모범생이 되도록 노력해 갑시다.

행진

궁지의 노력
돌아올 수 없는 길
수억만 금을 주어도 바꿀 수가 없는 나
탄생 이전으로 다시 돌아갈 수만 있다면
나는 기꺼이 받아들이리라

살아서 올 수 없는 길
이 길에 서서 무엇을 내 놓으리
한 줌의 숨 쉬는 생명
다시는 돌아오질 않는 길 위에는
서지 않기를 나 기도한다

내일도
숨을 쉬는 행진이 꾸준하도록
노력해 가련다.

희망의 별

동해의 푸른 바다
해는 떠서 저기 위에다
그 모습을 둥글게 그렸지

지평선 저 끝
수평선이 맞다은 곳
떠오르는 붉은 태양
이글거리는 불덩이에
우리들은 모두 다
앞날을 위해 기도한다

고달픈 인생 삶이어도
정직하고 착하게 살겠다고
나 또한 기도한다
희망의 별에게로

선한 끝

도가 넘친 말씀은 비위가 뒤틀리지만
그래도 오래도록 지켜보면
다 피가 되고 살이 되는 것이다
대기만성은 차츰차츰 일어서는 것이
날로 날로 바빠진다

먼 훗날 사랑이 다 하여도
선한 끝의 모습은
마음 넉넉한 것을 가지게끔 한다

반복되는 역을 이겨내면서
내면의 우리를 만들어 가는 결과를
나타내도록 하였으면 한다
험한 곳을 비켜가게 하는,
선한 끝이다.

배려의 삶

기쁨은 좋은 것
슬픔은 서러운 것
아픔은 내일을 위한 삶
밝음은 만천하를 희망되게 하는 것
어둠은 고뇌스런 설움이지만
내일을 향한 첫걸음이라
모두가 다 내겐 필요한 것

우리들의 삶이
날마다 좋은 것만은 아니다
남을 위해 공덕을 베풀 줄 아는
우리가 되었으면 한다

희생 없는 보람과
축복은 없을 것이다.

한 해의 삶

한 해의 끝자락에
먼 길을 헤치고 지나와
글 한 편을 써보자 했다

올 한 해에 쌓였던 삶의 오르내리막을
가슴속에다 하나하나씩
쌓아서 놓아본다
우울감은 기억 속에 나를 지우고
한 자씩 배웠던 글들이
나를 성장케 하였다
그리고 이겨낼 수 있게끔
돈독하게 단속을 한다

이제 며칠만 있으면
보신각의 쇠북소리 들려와
보약처럼 마음을 다스려 줄 것이다
오늘도 알차게 엮어서
내일도 한 걸음씩 더 향상하는

보기 좋은 사람이 되기를
나, 기도한다.

그리운 집

백일홍이 피는 봄
정원에선 사랑도 같이 핀다

새빨간 꽃은
언제 보아도 양반집 정원 같다

아! 나는 그 집 뜰처럼 하고서
언제쯤 살아볼까

희망이 없는 것 같아도
반드시 그렇게 살날이 올 것이다

열심으로 노력하자
그리고 돈을 버는 삶의 신조로
살아가도록 해야 할 것이다

백일홍이 피는 뜨락에서

사군자

선비의 정신이 깃든 상징
봄을 옮겨다 그림을 그리고
여름을 옮겨다 난초를 그렸네
국화를 심어서 시선 이동을 표현하고
대나무로 강인한 신념의 정신을 표한다

별것 아닌 것 같으면서도
어딘가 모를 선비의 정신이 발하고
말 없는 묵언으로 덕을 키운다

한 해가 다 할 무렵
소화해낸 그림은 어디다 비할 수 있으려뇨
사철의 감상을 한 곳에다
시선을 응집시키리라.

만선의 노래

한가득 희망을 갖고서
떠나가는 배에 올라타
고기 잡는 일로 일어서니
우선 배고픔은 사라졌다

울렁울렁 너울에 뱃멀미가 심하지만
용감하게 잘 살펴간다

온 종일 쌓인 누적된 피로가
어서어서 길을 재촉하듯
고기들을 잡아서 올리고 있다

갖은 잡고기 그리고 등등이
오늘 매상은 괜찮을성싶다
바다 꽃게는 천국으로 올라 왔다고
그저 좋다며 나불거린다

오늘도 낭만은 너울을 사귀고

내일도 변함없는
만선의 뱃노래를 부르자.

징검다리

한 걸음
두 걸음
건너 디뎌가는 징검다리
미끌미끌하다 온 몸을 풍덩
모든 것이 풍비박산
흘러가는 내에 신발이 떠내려가고
이고지고 가던 물건들은
물 위에서 둥둥

아무래도 콘크리트로 다리를 놓아
걱정 없는 내를 건너는
내일 날이 되었으면 한다
내일은 좀 더 신중하게
내를 건너자.

노력의 대가

나의 초등학교 학창시절 학교는
걸어서 10분
뛰어서 3분이면 도착한다

열심히 공부하면 중상 수준이고
그런 대로 가면 또한 마찬가지다
더욱이 심혈을 기울이면
상위그룹에 든다
분위기가 어떻든 간에
항상 노력만 한다면

먼 훗날 나는 도전하리라
그 자리에로
노력의 대가를 만들어 세우기 위하여

겁 없는 젊은 친구

높은 산기슭에
짙은 안개가 자욱이 너울거리고
하늘 아래 신선이 노니는 사람은
난 것 같구나

내린 비로 인해 사위마저
연막탄 안개에 길을 잃고
헤매는 한 떨기 생명은
오리무중이다

집에 가자고 배고픈 소리가
나를 재촉하지만
목이버섯 채취하려고
외로운 산기슭을 헤매고 있다
겁 없는 젊은이 같다는
생각이 들기도 한다

소기의 목적을 달성하기 위해서

무서움은 저 멀리로
나는 결코 쉬지 않으리.

내년을 기다리며

오늘의 삶이 고달파도
내일을 생각하여야 되고
내년을 사랑하자니
또 그 내일이 걱정이다

꿈은
우리들을 부풀게 만들지만
혹여 나쁜 순간도 있을 것이다

사리를 잘 살펴서
또 한 해의 꿈을 꾸며
먼 나라에 빛나고 있는
별님들을 살피다 보면
벌써, 사랑하는 내년이
우리들을 기다리고 있을게야.

사는 날까지

내 떠나는 날엔
사랑했던 푸른 하늘도 따라 울 테지
그리고 많은 비가 내릴 거야

눈물도
서러운 마음도
외로움도 지워졌고
고통의 아픔마저도 기꺼이 지워졌다
그리고 목 놓아 부르던
서정의 운율도 지워져 버렸다

그저 사는 날까지
내 몸 하나 잘 거두며
오늘도 눈물의 비가 내리지 않기를 바란다
그리고 작품 하나 멋들어지게 만들어
성공 한 번 해보았으면
나 편안히 잠을 잘까 하노라
사는 날까지

인생 파견

지는 것은
무슨 자존심이 있으랴
잠깐 동안 고충의 삶
미련에 울지 말고
앞날 돌아보며 열심히 달리자

훗날에 있을 불쾌스런 일이
없도록 하여야 한다
사랑을 존경하는 실체
아무쪼록 예를 갖추어
사람답게 놀다 가도록 하자.

헤아림

시련이 있기에
그 공을 올리고
그 공을 올리고나면 고독하게 지나온 날들이
하나하나씩 피고 질 것이다

그러나 그 후예들은 승승장구 할 것이다
참으로 고도가 별로 높지는 않을지라도
영원한 그룹에서 멋들어지게 일어서는 품행으로
도약하는 사람이 될 것이다

사람은 결코
사람됨이어야지 금수같이 헤매 도는
철부지는 아니었으면 한다
세월은 흐르고 오래도록 변했어도
사람을 제대로 볼 줄 아는
우리들이 되었으면 한다.

주구(走狗)

악마의 주구
하루도 벗어나질 않는다
무슨 술수를 쓰는지
날이면 날마다
불이요 사고다
잘 하지도 못하면서
악귀의 모양새는 나부랭이 간신같이
나불거리는 것을
아주도 좋아한다

가볍고 덕이 없으며
총명하나 덕망이 없다
세상 꼴이
참으로 한심한 생각이 든다
언제 다시 살맛나는 세상이 올까
가지고 농락하기 참 좋단다.

독서의 계절로

꽃 피는 들녘
만상의 잡화가 피었다 지고
동산에 점화된 단풍의 계절
코스모스 만개된 화창한 하늘
창창한 계절의 움직임

너도나도 주머니 한 푼씩
책방으로 들어가서 주제의 목록들을 감상하듯
훑어보고 있는 사람들
값비싼 몇 권으로 자신을 도야(陶冶)시켜 보겠다고
거금을 투자한다

매일 보는 서로의 얼굴들이지만
지적인 품격을 보이자는 우리들
오늘도 내일을 향하여
멋있게 출발합시다.

항진의 노래

아버지와 어머니의 음성이
나를 달래고 있지만
기어코 거기까진 갈 수 없는 나날이다
엊그제 같은 삶의 공감에서
살았던 나
지금은 캄캄한 어둠을 친구로 벗 삼아서
하루 또 하루씩을 넘기고 있다

그러나 머지않아
나는 용기를 내어 내일로 항진(亢進)하는
깃대를 흔들 것이다

사랑합니다
모두들에게
빚진 삶을 가더라도